¡Conocimiento a tope!

Ingeniería en todas partes

Cómo resuelven problemas los ingenieros

Robin Johnson
Traducción de Pablo de la Vega

Objetivos específicos de aprendizaje:
Los lectores:
- Identificarán y describirán los pasos del proceso de diseño de ingeniería.
- Explicarán cómo el proceso de diseño de ingeniería ayuda a los ingenieros a solucionar problemas y cubrir las necesidades efectivamente.
- Identificarán y reformularán las ideas principales del texto.

Palabras de uso frecuente (primer grado)	Vocabulario académico
a, como, hecho/hizo, muchos, para, que, son, un(a), usan, y	creativo, diagrama, imaginar, mejorar, modelo, plan, proceso de diseño de ingeniería, solucionar, solución, tecnologías

Estímulos antes, durante y después de la lectura:

Activa los conocimientos previos y haz predicciones:
Pide a los niños que lean el título y miren las imágenes de la tapa y la portada. Pregunta:

- ¿Qué saben acerca de los ingenieros?
- ¿Qué tipos de problemas piensan que los ingenieros resuelven? ¿Qué problema podrían estar resolviendo los ingenieros que aparecen en la tapa y la portada?
- ¿Eres un solucionador de problemas?

Durante la lectura:
Después de leer cada una de las páginas (10 a 18) en las que se esbozan los pasos del proceso de diseño de ingeniería, pregunta a los niños:

- ¿Cuál es la idea principal de esta página?
- ¿Pueden explicar la idea principal en sus propias palabras?
- ¿Cómo es este paso una parte importante del proceso de diseño de ingeniería?
- ¿Cómo se conecta este paso con el anterior? ¿Pueden predecir qué pasos siguen?

Después de la lectura:
Haz un cartel didáctico con los pasos del proceso de diseño de ingeniería. Pide a los niños que expliquen cada paso usando sus propias palabras, y anota definiciones para niños de cada paso.

Organiza un intercambio de ideas grupal sobre la importancia de aprender de los errores y repetir el proceso una y otra vez hasta que la solución funcione.

Author: Robin Johnson

Series development: Reagan Miller

Editor: Janine Deschenes

Proofreader: Melissa Boyce

STEAM notes for educators:
Reagan Miller and Janine Deschenes

Guided reading leveling: Publishing Solutions Group

Cover and interior design: Samara Parent

Photo research: Samara Parent

Translation to Spanish: Pablo de la Vega

Edition in Spanish: Base Tres

Photographs:
Alamy: Westend61 GmbH: p. 17
Shutterstock: waller66: p. 7 (bottom right); John_Silver: p. 13 (bottom left)
All other photographs by Shutterstock

Print coordinator: Katherine Berti

Printed in the U.S.A./102020/CG20200914

Library and Archives Canada Cataloguing in Publication

Title: Cómo resuelven problemas los ingenieros / Robin Johnson ; traducción de Pablo de la Vega.
Other titles: How engineers solve problems. Spanish
Names: Johnson, Robin (Robin R.), author. | Vega, Pablo de la, translator.
Description: Series statement: ¡Conocimiento a tope! Ingeniería en todas partes | Translation of: How engineers solve problems. | Includes index. | Text in Spanish.
Identifiers: Canadiana (print) 2020029783X | Canadiana (ebook) 20200297848 | ISBN 9780778783374 (hardcover) | ISBN 9780778783459 (softcover) | ISBN 9781427126337 (HTML)
Subjects: LCSH: Engineering—Juvenile literature. | LCSH: Engineers—Juvenile literature. | LCSH: Problem solving—Juvenile literature.
Classification: LCC TA149 .J64518 2021 | DDC j620—dc23

Library of Congress Cataloging-in-Publication Data

Names: Johnson, Robin (Robin R.), author. | Vega, Pablo de la, translator.
Title: Cómo resuelven problemas los ingenieros / traducción de Pablo de la Vega ; Robin Johnson.
Other titles: How engineers find solutions. Spanish
Description: New York, NY : Crabtree Publishing Company, [2021] | Series: ¡Conocimiento a tope! Ingeniería en todas partes | Translation of: How engineers find solutions.
Identifiers: LCCN 2020033135 (print) | LCCN 2020033136 (ebook) | ISBN 9780778783374 (hardcover) | ISBN 9780778783459 (paperback) | ISBN 9781427126337 (ebook)
Subjects: LCSH: Engineering--Vocational guidance--Juvenile literature.
Classification: LCC TA157 .J56513 2021 (print) | LCC TA157 (ebook) | DDC 620--dc23

Índice

¿Quiénes son los ingenieros? 4

Por diseño 6

Siguiendo pasos 8

¡Pregunta! 10

¡Imagina! 12

¡Planea! 14

¡Crea! 16

¡Mejora! 18

Hazlo de nuevo 20

Palabras nuevas 22

Índice analítico y biografía de la autora .. 23

Código digital Crabtree Plus 23

Notas sobre STEAM para educadores 24

Crabtree Publishing Company
www.crabtreebooks.com   1-800-387-7650

Copyright © **2021 CRABTREE PUBLISHING COMPANY**. All rights reserved. No part of this publication may be reproduced, stored in a retrieval system or be transmitted in any form or by any means, electronic, mechanical, photocopying, recording, or otherwise, without the prior written permission of Crabtree Publishing Company. In Canada: We acknowledge the financial support of the Government of Canada through the Canada Book Fund for our publishing activities.

Published in Canada
Crabtree Publishing
616 Welland Ave.
St. Catharines, Ontario
L2M 5V6

Published in the United States
Crabtree Publishing
347 Fifth Ave
Suite 1402-145
New York, NY 10016

Published in the United Kingdom
Crabtree Publishing
Maritime House
Basin Road North, Hove
BN41 1WR

Published in Australia
Crabtree Publishing
Unit 3 – 5 Currumbin Court
Capalaba
QLD 4157

¿Quiénes son los ingenieros?

Los ingenieros son personas que usan las matemáticas, la ciencia y el **pensamiento creativo** para solucionar problemas.

Los ingenieros solucionan muchos tipos de problemas distintos. Encuentran soluciones que nos mantienen seguros, como los cascos. Encuentran soluciones que hacen la vida más fácil, como los computadores.

Un paraguas es una solución que nos mantiene secos en días lluviosos.

Los ingenieros trabajan en equipo para encontrar soluciones.

Por diseño

Los ingenieros **diseñan** cosas que solucionan problemas. Las cosas que diseñan son llamadas **tecnologías**.

Los ingenieros diseñan cosas para que las personas que viven lejos puedan hablar unas con otras.

Los ingenieros **mejoran** las tecnologías. Las hacen funcionar mejor.

Un ingeniero llamado Alexander Graham Bell hizo el primer teléfono. Los ingenieros han mejorado los teléfonos a lo largo del tiempo.

Siguiendo pasos

Los ingenieros siguen pasos para resolver problemas. Esos pasos son llamados **proceso** de diseño de ingeniería.

Estos son los pasos del proceso de diseño de ingeniería. Sigue leyendo para aprender sobre cada paso.

A los ingenieros no siempre les salen bien los diseños a la primera. Aprenden de los errores. Siguen los pasos una y otra vez para mejorar.

¡Pregunta!

Primero, los ingenieros hacen preguntas. Preguntan cuál es el problema. Preguntan cómo otras personas han tratado de resolverlo. Preguntan qué retos pueden enfrentar al solucionar el problema.

Hacer preguntas ayuda a los ingenieros a encontrar la mejor manera de resolver un problema.

Una ingeniera podría preguntar cómo diseñar un edificio más alto.

Un ingeniero podría preguntar cómo obtener **energía** del viento.

¡Imagina!

Luego, los ingenieros **imaginan** todas las soluciones posibles. Trabajan en equipo para pensar en muchas soluciones. Luego, escogen la mejor solución al problema.

Durante este paso del proceso, los ingenieros hacen lluvias de ideas para encontrar soluciones. Hacer lluvia de ideas significa hablar y expresar ideas en un grupo.

Los ingenieros imaginaron formas de hacer que la gente viajara al espacio. Decidieron que la mejor solución era un cohete.

¡Planea!

El tercer paso es planear el diseño. Los ingenieros dibujan un diagrama de su mejor solución.

Los diagramas son dibujos que muestran las partes de un objeto y cómo funciona.

Los ingenieros hacen una lista de los materiales que necesitarán. Los materiales son las cosas de las que los objetos están hechos.

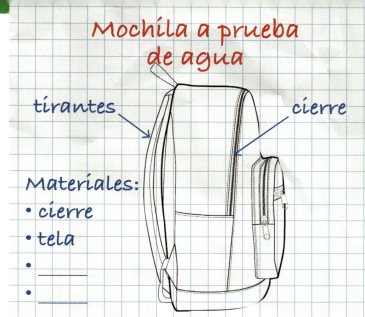

Estos ingenieros están haciendo un plan para diseñar una mochila a prueba de agua. Dibujan un diagrama de la mochila. Están haciendo una lista de los materiales que necesitarán.

¡Crea!

Luego, los ingenieros crean, o hacen, un **modelo** de su solución. Siguen su plan para hacer el modelo.

Los modelos pueden ser objetos o dibujos.

Los ingenieros usan modelos para probar sus soluciones. Prueban sus soluciones para descubrir si funcionan. Anotan si la solución resolvió el problema.

Este ingeniero está usando un modelo para probar el diseño de su robot. Anota las partes que funcionan. Anota las partes que no funcionan.

¡Mejora!

Después de probar la solución, los ingenieros ven qué tan bien resolvió el problema. Luego, mejoran el diseño. Lo modifican para que funcione mejor.

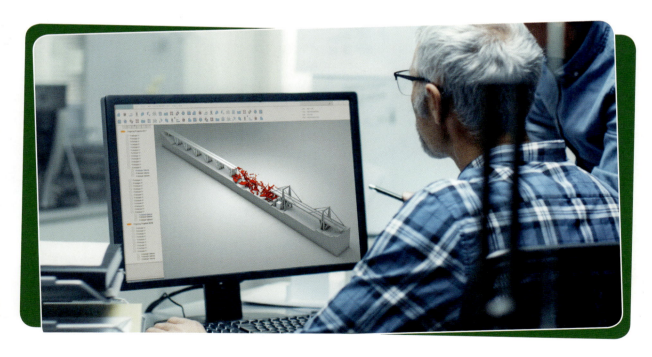

Las pruebas ayudan a los ingenieros a aprender qué no funciona bien. Luego, corrigen los errores y mejoran el diseño.

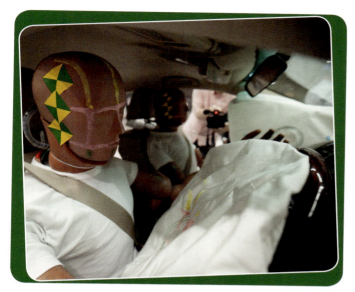

Los ingenieros mejoran y prueban sus soluciones una y otra vez para asegurarse de que resuelven el problema.

Los ingenieros prueban cinturones de seguridad para asegurarse de que mantendrán a la gente a salvo en un choque. Mejoran los cinturones de seguridad para asegurarse de que funcionan bien.

Hazlo de nuevo

¡Solucionar problemas no es sencillo! Los ingenieros repiten con frecuencia pasos en el proceso, una y otra vez, hasta que encuentran una solución que funcione bien.

Los ingenieros trabajan en equipo para mejorar sus diseños. Siguen intentándolo hasta que encuentran una solución que funcione bien.

¡Puedes trabajar en equipo y solucionar problemas como los ingenieros!

Palabras nuevas

diseñan: verbo. Hacen un plan para hacer o construir algo.

energía: sustantivo. El poder para hacer algún trabajo.

imaginan: verbo. Hacen una imagen de algo en su mente.

mejoran: verbo. Lo hacen mejor.

modelo: sustantivo. Una representación o copia de un objeto real.

pensamiento creativo: sustantivo. El uso de tu mente para crear ideas nuevas y originales.

proceso: sustantivo. Serie de acciones o cambios continuos.

tecnologías: sustantivo. Cosas que la gente hace para solucionar problemas o cubrir necesidades.

Un sustantivo es una persona, lugar o cosa.

Un verbo es una palabra que describe una acción que hace alguien o algo.

Un adjetivo es una palabra que te dice cómo es alguien o algo.

Índice analítico

Bell, Alexander Graham: 7
diagrama(s): 14, 15
lluvia de ideas: 12
mejora(n)(r): 7–9, 18–20
modelo: 16, 17
pregunta(n)(r)(s): 8, 10, 11
probar, prueban: 17–19
repiten: 20
trabajan(r) en equipo: 5, 12, 15, 20, 21

Sobre la autora

Robin Johnson es una autora y editora independiente que ha escrito más de 80 libros para niños. Cuando no está trabajando, construye castillos en el aire junto a su marido, quien es ingeniero, y sus dos creaciones favoritas: sus hijos Jeremy y Drew.

Para explorar y aprender más, ingresa el código de abajo en el sitio de Crabtree Plus.

www.crabtreeplus.com/fullsteamahead

Tu código es: **fsa20**

(página en inglés)

Notas de STEAM para educadores

¡Conocimiento a tope! es una serie de alfabetización que ayuda a los lectores a desarrollar su vocabulario, fluidez y comprensión al tiempo que aprenden ideas importantes sobre las materias de STEAM. *Cómo resuelven problemas los ingenieros* ayuda a los lectores a identificar y explicar las ideas principales del proceso de diseño de ingeniería. La actividad STEAM de abajo ayuda a los lectores a expandir las ideas del libro para el desarrollo de habilidades científicas, tecnológicas y de ingeniería.

Diseñando una solución

Los niños lograrán:
- Usar el proceso de diseño de ingeniería para crear una solución que los ayude a reducir su impacto en el medio ambiente local.

Materiales
- Hoja de prueba de un modelo de planeación.
- Hoja de trabajo de un proceso de diseño de ingeniería.
- Materiales para hacer un proyecto, incluyendo cajas, papel, cartón, pegamento, cinta adhesiva, palitos de manualidades, rollos de papel y materiales de arte.

Guía de estímulos
Después de leer *Cómo resuelven problemas los ingenieros*, pregunta:
- ¿Qué es el proceso de diseño de ingeniería? ¿Por qué es útil para los ingenieros?
- ¿Podrían describir en sus propias palabras cada paso del proceso?

Actividades de estímulo
Repasa los pasos del proceso de diseño de ingeniería con los niños. Es útil que los pasos estén en un cartel didáctico para una referencia veloz.

Explica a los niños que usarán el proceso de diseño de ingeniería para crear una solución en el aula (o en su casa). El educador puede escoger cualquier solución que concuerde con los intereses de la clase y las iniciativas educativas.

Problema sugerido para resolver: diseñen una solución que reduzca la cantidad de desechos que creamos en el aula (o en casa).
- Repasa los conocimientos de contexto apropiados para el problema.

Entrega a cada niño una hoja de trabajo de un proceso de diseño de ingeniería. Completen la etapa de lluvia de ideas juntos. Creen una lista de soluciones posibles que sean realistas.

Pide a los niños que, en grupos de tres o cuatro, escojan una solución de la lista. Ellos deberán seguir los pasos restantes del proceso para crear un modelo y versión final de la solución. Pueden usar la hoja de prueba de un modelo de planeación para ayudarse. Asegúrate de guiar a los estudiantes durante el proceso y destinar días específicos para cada paso. Pide a los niños que presenten sus soluciones finales.

Extensiones
Invita a los niños a considerar cómo pueden adaptar sus soluciones a nuevos propósitos o lugares, como reducir los desechos en un parque.

Para ver y descargar la hoja de trabajo, visita **www.crabtreebooks.com/resources/printables** o **www.crabtreeplus.com/fullsteamahead** (páginas en inglés) e ingresa el código **fsa20**.